歌集

冬珊瑚

山本秀子

六花書林

冬珊瑚　＊　目次

I

冬珊瑚

装画　山本誠司
装幀　真田幸治

I

早春の陽

早春の陽のゆき止まる縁側に木瓜一輪の紅ほどく

ヒヤシンスの犇めく花の一つひとつが早春の夢しゃべり始める

新年の仕事始めは部屋毎の暦をめくり弾みをつける

霜つよき庭におり立ち磁器のごとき薔薇の蕾を両手に包む

風花の飛びくる庭に揺れているのっぴきならぬ冬薔薇一輪

咲ききれぬ二輪の薔薇を透明な玻璃の真水に移してやりぬ

ヨーク家とランカスター家どちらでもない薄き紅色の薔薇の平和よ

ほんのり苦し

里山も街並みもかすむ春の宵何かをひそめ白く暮れゆく

電波塔、送電鉄塔宙を突き棘のごとくに目立ったそがれ

つぼみ菜の開き過ぎたる黄の花の茹でたてを食む　ほんのり苦し

部屋内にひとすじ花の香りたつ丈低く咲く鉢の水仙

過信して心の秤狂いたり一合の米を頼りなく研ぐ

少しだけ憂さをはらして帰りくればば椅子もテーブルもそのままにあり

けたたましく朝の厨にケトルが鳴り端的に呼ぶ湯の滾りたると

五十度のお湯にて洗う青紫蘇に束の間の生気よみがえりたり

柔らかな春の甘藍を刻む音さくさくと今朝の厨明るます

はるめきて青く水澄む三月の阿武隈川の鉄橋渡る

満月のしずくに触るる水仙の花いろ宇宙の色に染まりぬ

玻璃の花瓶

花捨てて玻璃透き通る寸胴の広口花瓶の空《くう》のさみしさ

桃の花菜の花かすみ草満たし玻璃の花瓶の輝くやよい

立ち乱るるシクラメンの花ととのえぬ昨日の心あらたまる朝

花瓶には十円玉を入れよとぞ亡母《はは》言いたりき常の言葉に

花冷え

ちょっとした手違いなるにちょっとした手違いの席居心地の悪《あ》し

招かれざる客の心地に落ち着かず悔やむ思いはひたに隠せり

灰色に時は流れているのだろうビルの街暮れる日の影もなく

ありありと温度差はあり花冷えの葉桜の下家路を急ぐ

紫陽花の広葉に小糠雨つづき青水無月の塩しめりおり

花店にカーネーションの赤あふれ母おらざれば百合を購う

ふくいくと牡丹の花の咲ききわむ初夏の光の洗礼を受け

誘い

追いかける夢の一つが叶うなら賭けてみようかその誘いに
ひとすじの光に曳かれゆかんとす胸の高ぶりひびく一日

もどり来ぬ時を見つめてみるも良し春夏秋冬わが歌心

葉緑の茂る枇杷の木の白き花ひっそりと輝る初冬の陽に

青空にちぎれちぎれの雲の白ゆっくり動く時を目に追う

ことひとつ成し終える午後の空青しふわふわ猫の眠る日溜まり

たっぷりと陽に恵まれて色づける柚子を煮ており深みゆく冬

はりはりと澄みたる空気を緩ませる晩秋の日のうれしい報せ

遥かなる日

青若葉一葉ひと葉の輝きに去年より太る桜木あおぐ

春風にこぼるるごとく開花せり桜・辛夷に続き白木蓮《はくれん》

桜咲き亡き母憶う四月十日吾を生み給いし尊き日なり

花びらの浮く水溜まりに屈まりて水飲む猫のさくら色の舌

桜の花今年も咲けりと告げたれば寝たきりの義母頷きくれぬ

手術後の五年を無事に過ごしたる友と桜の盛りを歩む

*

満月に桜の花は咲き満つとう自が美しさを知っているのか

満月の桜に会いたしさくら色にそまる月光があるというなら

早も散る桜花あり散りゆける速度にわれも老いてゆくのか

桜花かの子の百首思いつつ咲き満つる樹下の翳によりゆく

わたくしのこの年の春駆け抜ける千年さくらの花の吹雪よ

桜《はな》びらの上に花びら降り重ね川面は春を葬りゆくかな

桜びらが風の形に吹雪くゆえわれは逝く春をさびさびと見つ

足元に桜もみじ葉親しげに降りきてふとも歩みを止めぬ

喜びは八分ほどにて留めおかん桜の色の素麺茹でる

＊

秋の陽の斜《はす》に射しきて翳るとき人を思えば風湿りきぬ

「赦し」より深まる人の縁かな花の重さに枝垂れゆく萩

はからずも人を評して騒立つを即かず離れず萩の花筏

里山が影絵のようにのっぺらぼう家並み沈み灯火浮きくる

渇きたる冬の喘ぎを見るごとし山茶花のつぼみあまた枯れはて

スニーカーに小石ひとつが入りたり邪魔せぬほどに動き回りぬ

ひとひらの雲なく青き如月の空の裸身を見てしまいたり

触れたれば思いの他に冷たき掌心温かき人と思えど

伸び過ぎの木槿を伐れば真直ぐな風を喜びミモザが揺れる

新月から零れたような金星がきりりと光る睦月夕暮れ

風花がまつ毛にそっと触れきたり信号待つ間のわが密かごと

満ち足りし遥かなる日を憶う午後われが笑えばさくらもわらう

我が庭に一本の桜あるのみに春は嬉しく懐かしくもある

雪の朝

自転車の通りし跡をしるくつけ行きし人あり雪の朝に

前うしろの轍の跡のわずかなずれたった一輪のことにてあれど

自転車の轍に添いて流れくる雪どけ水の聞こえそうな日

はりと澄む空気を透かし陽のひかり地の軸低き宙のはるかより

新雪を踏む小鳥らの足の跡生きゆくもののたどきなけれど

口笛を吹くがに冬と言うときのわれより出ずる温かき息

冬のコートに腕を通すと広げおり左右の袖を翼のごとく

脱ぎおけるセーターにまだ温みある午後の外出の余韻留めて

大根を煮ている匂い流れきて雪の夕べの路地あたたかし

春潮に生れたる白魚食べながら下弦の月の講釈つづく

暖房のほど良い部屋に真っ白な五弁の花の檸檬ひと鉢

大寒のかたき身の内緩ませて檸檬はつかに香りてきたり
一枚のレモンの葉っぱ手渡さる言外ににおう清清しくと

＊

こんこんと午後を暗めて降る雪よ言いたき言葉封印をして

春なのに暗き空よりぼたん雪　機織る「つう」の乱心かそは

水鳥の羽毛のごとく降る雪にまぎれてつうの声を聞かばや

野に山に春の羽二重雪を置き羽音もたてずつうは逝きたり

一面の羽二重雪のとけゆきて卯月明るし幻か　つう

はぐれたる白鳥一羽人に近く声もたてずに堀に棲みつく

北へ帰る時逃したる白鳥の翼の内の翳深からん

枯れ庭にひたすら回る風ぐるま冬捨てながら春を招きく

ふと香るかと

紫陽花は夜も開きてうら淋し白き花鞠香らざる花

庭草を根こそぎ抜けば梅雨の草の青き匂いの手に沁みており

一碗の粥をスプーンに掬いいる夫の朝餉はさみしく終る

薬袋をいくつも渡され護符のごとおし頂きぬ薬局の前

金色のトロフィーに名は刻まれてOB野球の夫の輝き

水しぶきあげつつ洗うモロヘイヤ夫に食欲の戻りきたれば

奇跡にも似たる明るさ兆す朝白き紫陽花ふと香るかと

りんどうの花

「なぐさめもはげましもいらぬいまにしぬから」義母の苛立ち聴く他はなく

起きがけの義母は海中の昆布のようで足元ゆれる思考もゆれる

気丈にも帰って良いと義母いえば明日も又ねと心から言いぬ

義母の手とわが手の温み合いたれば心も通うとひそかに思う

＊

臨終を見守る義弟のおぼつかなおふくろと呼び泣きくずれたり

菊香る季節に生まれ菊の香に包まれ義母は旅立ちゆけり

九十四歳の気力体力使いきり義母身罷りぬ安らかな顔

惜しみなく義母の看取りを為ししなり秋の桜の淡きを仰ぐ

玄関をカチャリと開けて義母の家に秋の風入れる涼しき風を

永遠の微笑み湛えている遺影われに言葉を残さずに義母

「良き義母」と義妹《いもうと》が言えばわたくしの知らない義母が死の後顕てり

金木犀の香り何処より流れくるや義母の遺影のめぐり漂う

*

新盆の灯りを点す義母の家ひぐらしの声綺麗すぎるよ

蟬の声いつしか消えて閑かな宵たどたどと杖をつきくる義母か

義父母《ちちはは》の亡き後の実家のカレンダー誰も住まずてあの日のままに

義母の声義父の声など遥かにて艶めき沈める黒い電話機

誰も住まぬ義父母の家に鍵下ろし二柱の位牌を抱きて帰る

今日よりは御守りしますとつぶやきぬ小さくなりし義父母の前

ゆるやかに上がる香煙の馴染みゆく夫と二人の暮らしの中に

仏壇にりんどうの花を添えてさす義母の好みし秋の花なり

飛行機雲長く引き行く尾のあたり崩れ夕空の湿りくるらし

追い越して追い越されたり高速道時間が過去へ離りゆくなり

水に戻すひじき、椎茸、白いんげん時が戻るというにあらねど

五月の闇

新緑のまぶしき中に身をおきて深き悲しみ喪服に包む

突然に末の義弟《おとうと》旅立ちぬたった独りの汝をあわれむ

義弟の生きた証を求めつつアルバムを繰り笑顔をさがす

義弟の遺しゆきたる猫のチビを連れて来りぬわが家に飼う

この春は涙のかわく暇なく二人の義弟相次ぎ葬る

天国へ逝き急ぎたる兄弟よ言いたきことは五月の闇に

未来など誰にもみえず飛行機は西へ西へと落暉の中を

咲き終えし花穀を摘むペチュニアの紫いろが指先に滲む

秋の時間

こぼれ萩ただよう水面を秋アカネ急がずとも良い秋の時の間

小さき滝を落ちくる水を潜り浮く白き萩花秋を深めて

高きより吹ききて萩の花ゆらす秋立つを聞くふたひらの耳

寂しさを口にするなく過ごしきて静けき萩の白きにこぼる

坂道に萩の花愛ではずむ胸悟られぬよう池の小径を

再会を約束せずに別れたり秋の憂いはそこはかとあり

処暑

水揚げのサンマ高値で気仙沼の漁港に賑わい戻るうれしさ

初物のサンマが銀にかがやきてスラリとならぶ処暑の店先

頭なべて左に向けられ新物のサンマの眼海の色して

長月の日差しに照りて稲の穂がさざ波に揺る稔り確かに

伸び過ぎの枇杷と木槿の枝はらい夏の威勢をつくづくと削ぐ

処暑過ぎても暑さ緩まぬ街に出て秋の新色のルージュを求む

サルビアも鶏頭の花も赤深しこの夏異常の名残のごとく

＊

藪の中に流れる水の音に従き秋の山路を「思いの滝」まで

野生種のような大声の中学生午の電車を占めて四人が

三人の仲間が下りてゆきしあと残れる少年しいんとひとり

庭隅の金木犀が唐突に香る一木となる風の呪文に

何も無きこと幸せというべしや　金木犀よ明日も香れ

金木犀の花ことごとく零れ落ち香りも遠くゆく秋ならん

Ⅱ

黎明の色

フクシマより姪帰りきぬ線量計を生後二カ月の乳児にも持ち

児の未来国の未来をあやぶみぬ線量計をもつ日常に

線量の高い低いを知らぬ気に茶の花巡る冬の蜜蜂

セシウムを含む枝葉の伐られたれば年輪歪むか記憶留めて

除染とや屋敷の樹木掃われて人の住む家あらわとなりぬ

つやつやと柿の若葉の萌え出でぬ除染に樹皮を剝かれたるまま

災いを逃れえぬ木木の冬の芽よ柔らかい未来抱きいるべし

防護服の人ら映るは哀しかりき夜の森公園に万朶の桜

人ら寄り宴もありし夜の森の寂としている桜の映像

放射性物質無検出の桃はうす紅に豊かに香る

「アカツキ」は黎明の色に清清し福島の未来輝きてあれ

原発の安全神話の崩れたる日本列島にゆれるコスモス

風の十字路

わが町の犠牲者三百六名の名前聞きおり三月十一日

逝きし人の生きたる証を思いおり読み上げらるる一人ひとりの

黙禱を促す放送をつつしみて聞きおりあの日の惨状を想い

黙禱の一分間の沈黙に鎮めし澱が揺らぎ立ち来る

夏草の茂る廃墟の友の家朽ちゆくばかり津波の日より

嵩上げて七メートルの防潮堤コンクリートの真白き斜面

堤防のように積まるる瓦礫には暮らしの色あり　慟哭の嵩

悲しみに半減期などあるはずもなけれ積まれし瓦礫をあおぐ

防風林が根こそぎ流され海風が鋭く身体を射してきたりぬ

家並みが消えて目印なくなりぬ行く道迷う風の十字路

＊

彼の日より暗く占めいる胸の洞に点しくれぬかほおずきの色

百八十二番目の修理と苦笑いブルーシートの友の家の屋根

負い目など思わせる眼の向けられて被災の従姉妹と哀しく別る

大小の被災の差はあれ平穏にあらざる心中は言わず帰り来

あの日には小雪ふりおり3・11今年も雪降る悲しみに降る

津波退き人語失せたる瓦礫の中をわれの視線は定まらずにいた

泥に乾るビニール襤褸幽かにも風に震える音やるせなし

義父の実家の柱に残る津波跡ふいても拭いても滲みに黒く

理論のみ先行している復興よ絵に描いた餅など持ってこないで

被災せし苺畑に設置さるるソーラーパネルの無機質の並《なみ》

絶え間なく余震におびえる母を護りその母逝きて夫も逝きたり

手すさびに仮設住宅の人らと編む毛糸を選ぶ明るい色の

寄り合いて編みゆく手もとに近未来の夢など少し広げてゆかな

Ⅲ

香りなからば

線香の香りなからば生前と何も変わらぬ夕暮れはきぬ

着たくない喪服まといて喪主の席にこみ上げてくる心鎮める

口にだせば頽れそうな胸の裡　あなたは強いと友に言われて

覚悟などあるはずもなくすわる席喪主の務めをひたに果たすと

友情の厚くてあれば弔辞読む夫の親友が声つまらせる

皆さんが優しい言葉をくださるから後からあとからから零れる涙

ひとつずつ夫の存在の消えてゆく相続という手続き進み

「青学」が今年も優勝しましたよ箱根駅伝見ている独りで

ひたすらに駆け抜けゆきし一生なり襷をわれに渡して夫は

眠り続けて

ふたりでいる時の安らぎの懐かしさ花見るもひとり歩くもひとり

寂しさを引きよす勇気もたざれどテレビのお笑い番組疎まし

襲い来る睡魔ぎりぎりまで宥めどうっと眠りぬ眠りだけ思い

春彼岸あなたに会いに菩提寺へ桜咲きそうに暖かき日なり

「もう眠る」眠り続けて三年余あなたに春の花を手向けぬ

夜の空にみ霊とつながる星あれば彼岸おぼろの天を仰ぎぬ

浮き出たる肩甲骨は翼なり　あなたは何処へ飛ぼうとしたの

幾度も手紙読み返す日日ありきあの時わたしは輝いていた

蔵王颪を背中に受けてやり過ごす身を護るべき手立てなければ

皿の上にゼリー透明にゆれており支え外された心細さに

眠りへの呪文のようにアルバムを開くこの夜雪発光す

思い出回廊

なだめつつ紅きほおずきの種を抜き得意に鳴らしし日の遥かなり

必ずしも思い通りにゆかずなり陽のままに紅く熟れるほおずき

風鈴の涼しき浅草縁日にほおずきの籠選びし日ありき

ほおずきの水の滴る籠下げて四万六千日浅草の宵

新盆の提灯ともす夕つ方みんみんと鳴く蟬ひとすじ気

ほおずきと廻り提灯整えて思い出回廊たどりゆかんか

生きながら溺れるごとし寂しくて哀しくていたむ海の底いに

喜びも悔しきことも言いたきにあなたはあなたは一枚の写真

これよりは一人　生きるとは覚悟　退路なければ立ち竦みおり

風のにおい

ほおずきがほどよく色づき盂蘭盆の御霊を迎える明かりとなりぬ

迎え火を囲みて義母と義弟と夫とわれと宵はるかなり

義母とわれの線香花火に幾度も火をつけくれぬ夫は優しく

行灯の蒼き明かりに千の風盂蘭盆の宵しずかに更ける

この秋に夫に供える初サンマ桜の燻塩美しくふらな

大輪の花火打ち上がる遠き空届かぬ花は哀しみの花

大花火爆ぜて散りゆく闇のなか火の子花の子惜しみつつ消ゆ

暗闇にふわりと浮きくる蛍追いはかなき光に息合わせおり

夜の闇に立てば足元のおぼつかな宙にともれる蛍火のような

盆灯の蒼きを灯して待つこころあなたの歳を越えたるわたし

盂蘭盆の過ぎてたそがれゆく梢葉群れのかわく風のにおいす

終日を白き木槿の盛りなり降りしきる雨に咲き急ぎたり

音たてて降る雨よりも音もなく降りこむ雨に胸落ぬれる

ひと息を鳴けばひと息すり減らす蟬の命に夕光惜しむ

一輌の電車過ぎゆき沿線の尾花が揺れる影絵のように

万緑に万の言の葉さやげどもわが寂寥は青葉の闇に

七月に帰り花ふたつ紫の木蓮の花に亡母おわします

たまらなく亡母の掌の懐かしも我が少女期の髪を結いくれし

夢の中大きな鶴が舞い下りて悲しみ深く翼広げる

冬さくら咲き始めたれど夫おらず誰に告げよう青空の下

生きるとは赦すということ日野原氏の言葉が深く沁みてくる日よ

微熱のような

天空のひばりのふりまく声ごえが光となりて菜の花の輝り

一面の菜の花の畑に香り満ち花に寄る蜂　蜂招く花

種子孕む菜の花の畑匂いたち微熱のような春の鬱なり

影みせず雲雀は宙に声ばかり菜の花の畑迷路は迷路

頭だけ見えて迷路の女わらべの神隠しなど　黄はかげりきて

ひかりつつ菜種の花の揺れている五月なかなか気の上がり来《こ》ぬ

さざ波に揺れつつ盛る菜の花の種子結びくる　もう五月秋

天高くあるいは低く雲雀鳴くわが憂春は静かに上《のぼ》れ

陽を探して

八月の暑さ丸ごと取れ立ての西瓜を赤児のように受け取る

半月も雨降り続き向日葵が西向く東向く陽を探している

四十万本の向日葵の花揺れもせず全き命開かんとして

人生に答えを出すのは早すぎる友のひとみに向日葵映れ

感傷もなく断りきたるメール読む炎暑の中のひぐるまの花

夏色に染む

ストローに一気に吸い込むメロンソーダ身の深き所夏色に染む

チェーンソーの枝垂れ桜を伐り倒す三十年を断つ音哀し

雨止みて背伸びをぐんと木はすなり新葉の目立つ枇杷の梢に

揺れやすき百日紅に風のきてむらさきの滴ふりおとすなり

八月の六日は祈りの一日なり義父の命日　ヒロシマの忌日

夕暮れに訃報の入り雨の音葉擦れの音も一瞬消えぬ

庭草を引くてのひらに弾きくるカタバミの拒むかすかな力

夕光に染まらず白き木蓮の一樹しずかに燃え立つごとし

みどり濃くしげる欅の一枝を吹き上げ揺れを渡しゆく風

濠沿いのうつぎの木陰に足止めつ夏うぐいすの鳴く声のして

日溜まりを求めてきたる公園に新聞読む人弁当食む人

捥ぎたての茄子を洗えば紺色の水の弾ける朝の厨に

街路樹の映れるビルの窓を拭く男ら緑の杜を浮遊す

星を恋う

銀河へと発つ鉄道は不通なり今日の夜空の雲の厚くて

高原にたった一軒の「銀河ホテル」この先の道行き止まりたり

街灯を消して漆黒のスクリーン冬の星座がしんと現る

銀河への始発駅なり煙突の先に瞬く満天の星

行き先はいずこか銀河鉄道の北の軸なる北極星さがす

賢治の見しアンドロメダを仰ぎいつ時空を越えてつながる夜よ

どんぐりが道一面に落ちていてキツネの裁判今宵あるらし

ストーブに薪がぱちぱちと燃えている銀河ホテルのロビーひそやか

＊

梅雨の夕気だるくカーテン閉じる刻ひとつの星の輝きを恋う

梅雨空に何か忘れたる心地して今朝咲きそめる夏椿に寄る

白壁をほんのり茜にそめあげて夏至の一日の名残のひかり

どくだみを仇のように毟りおり白く小さなクルスの花を

家中のカーテン新調したるのみに古い鱗が剝がれゆくかな

今日明日の確かにありて紫陽花は日毎膨らみ色濃くなりぬ

半年も探しあぐねた腕時計バッグの隅の時刻みおり

今朝の憂い車内販売のコーヒーの苦さに振り切る大宮あたり

百人の敵も味方も引きつけて夭折したりいたいたしき友

わたしの心

外出の機会の多く気がつけば二月の暦尽きなんとする

冬霜に葉っぱの縮むほうれん草二月の甘みぎゅっと噛みしむ

「むらさきにおう」校歌歌いし青春よ如月の朝の雲のむらさき

紅のシクラメンの花増えておりわが臥す数日を越えて律儀に

真冬日の庭に黄落の一樹ありいつかのわたしの心があった

立ち話する門口に歳晩の冷えしんしんと肩先包む

とりあえずそのままに置く枯れ菊にしきりに雪が降りているから

真直ぐに製紙工場の白煙が大雪予報の空へとあがる

天気予報どおりに午後を降る雪は出かける決心また緩ませる

反古にせし短歌の欠片の捨てられずどれもどれもが私の心

過ぎくればどうともないのにあの時は何故か熱くなりてしまいぬ

幾人と今日は笑ったのだろうかマリオネットは永久のウィンク

優しさの連鎖に柚子を五つもらい香りも抱く冬至日の暮れ

肯定も否定もせずにいるけれど銅鑼焼きは好き塩辛きらい

わが膝に眠る平和な空気感二月二十二日は猫の日

風邪に臥し静まる家内をチビが呼ぶ生きいる猫の生きてゆく声

なんとなく満たされぬまま帰りくればチビが歩調を合わせてくれぬ

新しき水

自転車のタイヤに四月の空気いれ小学校のさくら見にゆく

カブト虫を肩にも胸にも止まらせてこそばゆく木になりてゆく子ら

記念写真にどんな顔して写るのか「二」という時の笑えぬ心

わが裡のどこかがいつも風に触る風は隙間を好みてきたる

花の彩失いし秋の紫陽花が白きひかりを返し静まる

咲きながら末枯れてゆける紫陽花の極み見ている晩秋の庭

迷いたれば亡母の言葉のよみがえる身の幅というわれの身の幅

倒れたるコスモス括るとかかえつつ霜月夕べの息吹に触れぬ

ひと群れのコスモスの花揺られおり揺られつつ平易を保たんとする

踏みゆける落葉の音のかそかなり逢魔が時をゆける背後に

ひそかなる愉悦に菊の花むしる女仕事の手の冷え秋の冷え

秋たけて大輪の菊の鮮やかさ「高潔」「清浄」香る花言葉

葉の陰に橙色の実の優し「冬珊瑚」とは君の誕生花

照れさせて毎年祝いし誕生日七五三の日の夫の冬珊瑚

糠雨の留まる梢静かにて秋の木立は水の匂いする

噴水は飛沫を散らし吹き上げぬ誰にともなく新しき水を

水柱に遅れる水は水を追いせめぎあいつつ上がりゆくらし

青におう

障子紙ぱんと貼り替え心地よし新年の備え整いており

黒豆と金時豆と餅届き嬉しく温く年越しをせり

元旦は白餅六個焼きました神とわたくしと鬼籍の四人に

縁側の玻璃を透して初ひかり床の間の紅き千両の実に

七草のパックにすずなすずしろが水をたたえて清冽に白

七草を刻む手元を青匂う亡き母の歳まで生きてみようか

あとがき

平成二十四年に『花の時間』を上梓してから七年が経ち、この度、第二歌集『冬珊瑚』を上梓いたしました。

『冬珊瑚』は震災の後の作品です。この七年、とても不幸な事ばかりが過ぎてゆきました。平成二十六年十月、九十四歳で義母が他界し、二十七年十一月スポーツマンの夫が三年半の闘病の末に亡くなり、その翌年の二月に近くに住んでいた私の姉が、四月には夫のすぐ下の弟が、そして山本家を守っていてくれた末の弟が五月に相次いで亡くなってしまいました。義母の介護に毎日通った婚家にだれもいなくなり、深い喪失感と共に、生きて行く意味がないように思われ、私自身をどのように立たせてゆくのか大きな不安に潰されそうでした。それでも時間は過ぎてゆきました。

『冬珊瑚』は夫とわたしの暮しの証です。夫が亡くなってからは何処かに出かけることも少なくなり、歌材も庭木や草花などかなり狭い範囲の生活の作品になりました。

歌数は三百十二首と少ない歌集ですが一首一首に思い出があります。

短歌はわたしの生活の全てになりつつあります。短歌の御縁で歌友の皆様に支えていただき、沢山の愛をいただきました。ひたすらに短歌を作ってきて第二歌集を編むことができ嬉しく思います。

『冬珊瑚』をまとめながら明るく生きてみようと心がささやいてきました。残り少ない人生を爽やかに楽しみながら過ごして行こうと思います。

昨年より「短歌人会宮城」に誘っていただいて歌会に参加させていただいております。菊池孝彦様、歌友の皆様有難う御座います。又、「仙台啄木会」の南條範男様、お誘いいただきました田中きわ子様や他の歌友の皆様にもお世話になっております。有難う御座います。

お忙しい中、帯文を書いていただきました「歌と観照」編集人の五十嵐順子様に感謝申し上げます。そして宮城支部「菜の花短歌会」のみなさんと共にこれからも学んでまいります。

「冬珊瑚」は十一月十五日生れの夫の誕生花です。木版画を趣味にしていたので、そのときのテーマで誕生花を彫る事になり、初めて「冬珊瑚」を知りました。茄子科の植物で六月頃に白い茄子の花のような花が咲き、秋から冬にかけて鮮やかな赤や橙色の丸い果実を実らせる様は珊瑚に似ているので「冬珊瑚」とよばれ、欧米ではクリスマスチェリーとよばれています。展覧会に向けひたすら彫っていたのを思い出し、カバーに使いました。

夫の追悼の歌集となりましたが勇気を奮い上梓いたします。どうぞご高覧いただき、ご批評、ご指摘をいただけましたらこれからの励みとさせていただきたいと存じます。六花書林の宇田川寛之様にはこの度もお世話になりました。そして丁寧なアドバイスをいただきました。深くお礼を申しあげます。

令和元年十一月金木犀の香る日に

山本秀子

経歴

1944年　宮城県亘理町生れ
「歌と観照」暁雲集　同人
「きびたき」会員
「菜の花短歌会」会員
宮城県歌人協会会員
日本歌人クラブ会員
宮城県芸術協会会員
柴舟会会員

冬 珊 瑚

歌と観照叢書第295篇

2020年 1 月29日 初版発行

著　者──山 本 秀 子
〒989-2351
宮城県亘理郡亘理町字下茨田47－2

発行者──宇田川寛之

発行所──六花書林
〒170-0005
東京都豊島区南大塚 3－24－10－1 A
電 話 03-5949-6307
FAX 03-6912-7595

発売──開発社
〒103-0023
東京都中央区日本橋本町 1－4－9　ミヤギ日本橋ビル 8 階
電 話 03-5205-0211
FAX 03-5205-2516

印刷──相良整版印刷
製本──仲佐製本

定価はカバーに表示してあります
ISBN978-4-907891-96-1 C0092